CW01643057

DE GROOT-INQUISITEUR

door

Fjodor M. Dostojevski

Met een nawoord
door J. Hupkes
&
tekeningen door
Kurt Löb

Uitgeverij Kairos
Soest

De groot-inquisiteur

F.M. DOSTOJEVSKI

DE VERZOEKING IN DE WOESTIJN

Toen werd Jezus door de Geest van God naar de woestijn geleid om in verzoeking te worden gebracht door de duivel.

Nadat hij veertig dagen en veertig nachten had gevast kreeg hij tenslotte honger. En de verzoeker kwam tot hem en zei: 'Indien gij Gods zoon bent, zeg dan dat deze stenen in brood veranderen.' Maar hij gaf ten antwoord: 'Er staat geschreven: Niet van brood alleen zal de mens leven, maar van alle woord dat van Gods mond uitgaat.'

Toen nam de duivel hem mee naar de heilige stad en plaatste hem op de tinne van de tempel en zei tot hem: 'Indien gij de zoon van God bent, werp u dan naar beneden; er staat immers geschreven: Hij zal zijn engelen aangaande u opdracht geven, en zij zullen u op handen dragen opdat gij uw voet nog niet aan een steen zult stoten.' Maar Jezus zei tot hem: 'Er staat ook geschreven: Gij zult de Heer, uw God niet verzoeken.'

Tenslotte nam de duivel hem mee naar een heel hoge berg en toonde hem alle koninkrijken van de wereld en hun heerlijkheid, en zei tot hem: 'Dit alles zal ik u geven indien gij u voor mij neerwerpt en mij aanbidt.' Toen zei Jezus tot hem: 'Ga weg, satan! Want er staat geschreven: De Heer, uw God zult gij aanbidden, en alleen Hem dienen.'

Toen liet de duivel hem met rust, en zie, engelen kwamen en dienden hem.

MATTHEÜS 4:1–11

ER WAREN AL VIJFTIEN EEUWEN VERSTREKEN

DE GROOT-INQUISITEUR

SINDS HIJ HAD BELOOFD in al zijn heerlijkheid te zullen verschijnen. Vijftien eeuwen sedert zijn profeet* had geschreven: 'Zie, ik zal weldra wederkomen.' 'De dag en het uur kent ook de zoon niet, die kent alleen mijn hemelse vader,' zoals hij het zelf heeft gezegd toen hij nog op aarde was. Maar de mensheid verwachtte hem nog altijd, met evenveel geloof en evenveel verlangen. Met nog groter geloof zelfs, want er waren al vijftien eeuwen verstreken sinds de hemel aan de mens zichtbare tekenen had gegeven.

Het is waar dat er in die tijd tal van wonderen geschiedden. Er waren heiligen die wonderbaarlijke genezingen tot stand brachten, en aan sommige rechtvaardigen is – volgens hun levensbeschrijvingen – de Koningin van de Hemel* verschenen. Maar de duivel slaapt niet, en onder de mensen begon reeds twijfel te ontstaan aan de echtheid van die wonderen. Juist in die tijd ontstond in Duitsland* een nieuwe, verschrikkelijke ketterij en deze ontkende op godslasterlijke wijze de wonderen.

Maar zij die trouw bleven geloofden des te vuriger. De tranen van de mensen stegen naar hem op zoals voorheen. Men verwachtte hem, men had hem lief, men stelde zijn hoop op hem, men verlangde er naar om zoals voorheen voor hem te lijden en te sterven...

Ja, de mensheid had al vele eeuwen vurig en vol geloof gebeden: 'Heer, kom tot ons.' Al zoveel eeuwen had zij hem geroepen, dat hij er in zijn oneindige barmhartigheid naar verlangde af te dalen naar hen die tot hem baden. Hij had, zoals men in hun levensbeschrijvingen kan lezen, wel eerder enkele heiligen, martelaren en kluizenaars op aarde bezocht. Maar nu wilde hij, al was het maar even, aan het volk verschijnen en bij die gekwelde, lijdende mensen zijn; de zo verschrikkelijk zondige, maar hem zo kinderlijk liefhebbende mensen.

Dit was natuurlijk niet de wederkomst die volgens zijn belofte aan het einde der tijden zal plaats vinden en waarbij hij plotseling in al zijn hemelse heerlijkheid zal verschijnen 'gelijk de bliksem komt van het oosten en licht tot het westen'.* Nee, hij wilde alleen maar even zijn kinderen bezoeken. In Spanje, waar tijdens de verschrikkingen van de inquisitie overal in het land dagelijks brandstapels werden aangestoken om met veel pracht en praal ketters te verbranden.* In zijn oneindige barmhartigheid wilde hij zich daar nog eens onder de mensen begeven, in dezelfde menselijke gedaante waarin hij vijftien eeuwen eerder ook onder hen had verkeerd.

*

Hij daalt af naar de zinderende pleinen van

Sevilla. De zuidelijke stad, waar de vorige dag net een *auto-da-fe** is gehouden, waarbij de grootinquisiteur, in aanwezigheid van de koning, de hofhouding, de ridders, de kardinalen en de bekoorlijke hofdames voor de ogen van de hele bevolking van Sevilla, in één keer, *ad majorem gloriam Dei,** bijna honderd ketters heeft laten verbranden.

Hij verschijnt stil en onopvallend, maar vreemd genoeg herkent iedereen hem toch. Het volk wordt met een onweerstaanbare kracht naar hem toe gedreven; de mensen drommen om hem heen en volgen hem. Zwijgend loopt hij in hun midden, met een stille glimlach vol oneindig mededogen. De zon van liefde brandt in zijn hart. Uit zijn ogen komen stralen van Licht, Wijsheid en Kracht; de mensen worden er door aangeraakt en beantwoorden deze met de in hun harten gewekte liefde. Hij strekt zijn handen naar hen uit en zegent hen; wanneer ze hem of alleen maar zijn kleren aanraken gaat er een genezende kracht van hem uit.

Een oude man die van kind af aan blind is roept vanuit de menigte: 'Heer, genees mij opdat ik u mag zien!' Het is alsof de schellen van zijn ogen vallen en de blinde ziet hem. De mensen huilen, en kussen de grond waar hij maar loopt. Kinderen strooien bloemen voor zijn voeten, zingen liederen en jubelen: 'Hosanna!' 'Hij is het, waarlijk hij is het!' herhalen ze allen, 'hij moet het zijn, het kan niemand anders zijn dan hij!'

Bij de ingang van de kathedraal van Sevilla blijft

hij staan. Juist op dat moment wordt met geweeklaag het witte, open doodskistje van een kind het kerkgebouw binnengedragen; er ligt een zevenjarig meisje in, de enige dochter van een vooraanstaand burger. Het dode kind is bedekt met bloemen. Uit de menigte roept men de huilende moeder toe: 'Hij zal je kind weer tot leven wekken!' De priester die vanuit de kathedraal het kistje tegemoet komt, weet niet wat hij er mee aan moet en fronst zijn wenkbrauwen. Maar dan weerklinkt opeens een kreet van de moeder van het gestorven kind. Zij werpt zich voor zijn voeten neer, strekt haar handen naar hem uit en roept: 'Als u het bent, wek mijn kind dan weer tot leven!'

De stoet houdt stil en in het kerkportaal zet men de kleine kist voor zijn voeten neer. Vol erbarmen ziet hij toe en opnieuw zeggen zijn lippen zacht: 'Talitha kumi! – Meisje, ik zeg u: sta op!'* Het meisje komt overeind, gaat zitten, en kijkt met wijdopen ogen glimlachend en verwonderd om zich heen. In haar handjes houdt ze een boeket witte rozen dat bij haar in de kist lag. De menigte raakt in beroering, er klinken kreten en snikken op.

Juist op dit moment steekt de kardinaal, de groot-inquisiteur in eigen persoon, het plein voor de kathedraal over. Het is een grijze man van bijna negentig jaar, een lange, kaarsrechte gestalte met ingevallen gezicht en diepliggende ogen waarin nog altijd vuur gloeit.* Hij is niet gekleed in het prachtige kardinaalsgewaad waarin hij de vorige dag aan het volk verscheen toen de vijanden van het roomse geloof werden verbrand; nu draagt hij slechts een oude monnikspij van ruwe stof. Op een eerbiedige afstand wordt hij gevolgd door zijn duistere helpers, zijn bedienden en zijn 'heilige' garde. Hij blijft staan en kijkt op een afstand toe.

Hij heeft alles gezien. Hij heeft gezien hoe het kistje voor *zijn* voeten is neergezet en hoe het meisje uit de dood is ontwaakt. Zijn gezicht wordt donker, hij fronst zijn zware, witte wenkbrauwen en in zijn ogen brandt een onheilspellend vuur. Hij wijst met een vinger en beveelt zijn wachters de man te grijpen. Zijn macht is zo groot en het volk is zo onderworpen, dat de menigte angstig gehoorzaamt en meteen voor de wachters opzij gaat. In de doodse stilte die plotseling is ontstaan, grijpen ze hem en voeren ze hem weg.

Onmiddellijk buigt de menigte als één man tot de grond voor de oude groot-inquisiteur; hij zegent allen zwijgend en vervolgt zijn weg. De wachters nemen hun gevangene mee naar de donkere, bedompte kerker in het oude gebouw van het Heilige Gerechtshof, en sluiten hem op.

*

De dag verstrijkt en de avond valt. De donkere, hete, roerloze nacht van Sevilla breekt aan. De lucht is beladen met de geur van laurier en citroen.

In de diepzwarte duisternis wordt plotseling de ijzeren deur van de kerker geopend en langzaam komt de oude groot-inquisiteur binnen met een kaars in zijn hand. Hij is alleen, de deur sluit zich meteen weer achter hem. Hij blijft bij de ingang staan en kijkt hem lange tijd aan. Tenslotte komt hij langzaam naderbij, zet de kandelaar op een tafel en zegt: 'Bent u het, u?'

Maar als hij geen antwoord krijgt voegt hij er gehaast aan toe: 'Antwoord niet, zwijg liever. Wat zou u nog kunnen zeggen? Ik weet maar al te goed wat u zou zeggen. Maar u hebt het recht niet om nog iets toe te voegen aan wat u vroeger hebt gezegd. Waarom komt u hier en hindert u ons? Uw komst stoort ons in ons werk, en dat weet u heel goed.

Weet u wat u morgen te wachten staat? Ik weet niet wie u bent en ik wil ook niet weten of u het werkelijk bent of iemand die op hem lijkt. Hoe het ook zij: morgen zal ik u veroordelen en u als de meest verdorven ketter laten verbranden. De mensen die vandaag uw voeten kusten, zullen morgen op mijn eerste wenk toesnellen om gloeiende kolen op uw brandstapel te gooien. Weet u dat? Ja, dat weet u misschien wel,' voegt hij er in gedachten verzonken aan toe zonder zijn ogen een moment van zijn gevangene af te wenden.

'U hebt toch alles in onze handen gelegd,' vervolgt de groot-inquisiteur, 'nu berust alles onder het gezag van de paus. Er is geen enkele reden om hier te verschijnen en ons te storen, en zeker niet zolang de tijd niet is aangebroken.

Hebt u het recht om ons ook maar één enkel geheim te onthullen van de wereld waar u vandaan komt?' vraagt de oude man en geeft zelf het antwoord. 'Nee, dat hebt u niet. U hebt niet het recht om nog iets toe te voegen aan wat u vroeger reeds hebt gezegd. Dan zou u de mensen de vrijheid ontnemen die u vroeger, toen u nog op aarde was, zo zeer ter harte ging. Elk nieuw woord van u zou een inbreuk zijn op de vrijheid van geloof van de mensen, want in alles wat u verkondigt zullen zij wonderen zien. De vrijheid van geloof was u toch vóór alles dierbaar in die dagen, nu vijftienhonderd jaar geleden?

Hebt u toen niet herhaaldelijk gezegd: »Ik zal u vrijmaken«?* En nu hebt u ze gezien, die »vrije« mensen,' voegt de groot-inquisiteur er nadenkend, met een spottend lachje aan toe.

'Ja, het heeft ons ontzettend veel moeite gekost,' vervolgt hij terwijl hij hem strak aankijkt, 'maar het is ons tenslotte gelukt. Wij hebben het werk, in uw naam, tot een goed einde gebracht. Vijftien eeuwen hebben wij met het probleem van de vrijheid getobd, maar dat is nu voorbij, voorgoed voorbij. Of gelooft u soms niet dat het voor altijd is opgelost?

U kijkt mij met zulke zachtmoedige ogen aan en u vindt het niet eens de moeite waard om u verontwaardigd te tonen! Weet u wel dat de mensen er juist nu meer dan ooit van overtuigd zijn dat ze volkomen vrij zijn, hoewel zij die vrijheid aan ons hebben gegeven en onderdanig aan onze voeten hebben neergelegd? Dat hebben wij tot stand gebracht. Wilde u dit? Was dit de vrijheid die u wenste?

Voor het eerst* kunnen wij nu aan het geluk van

de mensen gaan denken. De mens is van nature opstandig, maar kunnen rebellen gelukkig zijn? U bent gewaarschuwd, aan waarschuwingen en wijze raad heeft het u niet ontbroken, maar u wilde niet luisteren. U hebt de enige weg waarlangs de mens het geluk kan bereiken verworpen. Gelukkig hebt u toen u heenging het werk aan ons overgedragen. U hebt ons het recht gegeven om te binden en te ontbinden.* U hebt dat met uw eigen woord bekrachtigd en er is natuurlijk geen sprake van dat u ons nu dit recht weer kunt ontnemen. Waarom bent u dan toch teruggekeerd om ons te storen?'

'De verschrikkelijke en wijze geest, de geest van de zelfvernietiging en van het niets,'* vervolgt de oude kardinaal, 'heeft met u in de woestijn gesproken en wij weten uit de geschriften dat hij u, zoals dat heet, »in verzoeking heeft gebracht«. Is het niet zo?

Is het mogelijk een diepere waarheid tot uitdrukking te brengen dan hetgeen hij u in drie vragen te kennen gaf? U verwierp ze en in de geschriften* worden die vragen »verzoekingen« genoemd. Maar als er ooit op aarde een waarlijk opzienbarend wonder is geschied, dan was het op die dag, op de dag van de drie verzoekingen. In de openbaring van die drie vragen lag het wonder besloten.

Laten we eens veronderstellen, bij wijze van proef, dat de drie vragen van de verschrikkelijke geest verloren waren gegaan, spoorloos verdwenen en in geen enkel boek te vinden en dat wij ze opnieuw zouden moeten bedenken, formuleren en te boek stellen. Stel u voor, we zouden alle wijze mannen van de aarde bijeen moeten brengen – bestuurders, hogepriesters, geleerden, filosofen, dichters – en hen als opgave stellen drie vragen te bedenken die in grootsheid niet onder zouden doen voor die van de verschrikkelijke geest in de woestijn en waarmee in drie korte zinnen van menselijke makelij, de hele toekomstige geschiedenis van mens en wereld wordt uitgedrukt.

Denkt u dat alle wijzen van de aarde tezamen met vereende krachten iets zouden kunnen bedenken dat in kracht en diepzinnigheid de drie vragen evenaart die u indertijd door de machtige, wijze geest in de woestijn zijn voorgelegd? Uit die vragen, uit het wonder dat ze werden gesteld, blijkt dat we hier niet met het beperkte menselijke verstand te maken hebben, maar met het verstand van een eeuwige, absolute geest.

Want in die drie vragen wordt de hele verdere geschiedenis van de mensheid als het ware samengevat en voorzien; het zijn drie beelden waarin alle onverzoenlijke historische tegenstellingen van de menselijke natuur besloten liggen. Toen was dat nog niet zo duidelijk, want de toekomst was nog in nevelen gehuld. Maar nu er vijftien eeuwen voorbij zijn gegaan zien wij dat in die drie vragen alles zó juist is voorzien en voorspeld, en dat alles zó precies is uitgekomen, dat het onmogelijk is er nog iets aan toe te voegen of aan af te doen.'

'Oordeel nu zelf wie gelijk heeft gehad: u of degene die u toen de vragen stelde? Herinner u de eerste vraag; ook al geef ik die niet letterlijk weer, de strekking is als volgt:

»U wilt met lege handen de wereld in gaan, met een belofte van vrijheid die zij in hun onnozelheid en ingeboren bandeloosheid niet kunnen begrijpen. Zij zijn er doodsbang voor, want er is nooit iets geweest dat ondragelijker was voor mens en maatschappij dan vrijheid! En ziet u die stenen in de kale, geblakerde woestijn? Verander ze in broden en de hele mensheid zal u volgen, gedwee en dankbaar als een kudde, zij het altijd bevend van angst dat u uw hand van hen zult aftrekken en dat zij het zonder uw broden zullen moeten stellen.«

Maar u wilde de mens niet van zijn vrijheid beroven en verwierp het voorstel. Wat voor vrijheid zou het zijn, meende u, als gehoorzaamheid gekocht moet worden met brood! U hebt geantwoord dat de mens niet van brood alleen leeft. Maar weet u wel dat in de naam van datzelfde aardse brood de geest van de aarde tegen u zal opstaan, een gevecht met u zal aangaan en u zal overwinnen? Allen zullen hem volgen en roepen: »Wie is gelijk aan dit dier? Hij heeft ons het vuur van de hemel gegeven!«*

Weet u dat men na vele eeuwen bij monde van de wijzen en geleerden zal verkondigen dat er geen misdaad, en dus ook geen zonde bestaat, maar dat mensen alleen maar hongerig zijn? »Geef hen te eten en praat dan pas over een deugdzaam leven!« – dat is de leus die zij in het vaandel zullen schrijven dat tegen u wordt opgeheven en dat tenslotte de verwoesting van uw tempel tot gevolg zal hebben.

Op de plaats van uw tempel zal een nieuw gebouw worden opgetrokken, een nieuwe afschuwelijke toren van Babel.* Hoewel deze evenmin als de vorige wordt afgebouwd, had u de bouw van deze toren kunnen voorkomen en daarmee het lijden van de mensen met duizend jaar kunnen bekorten – want zij zullen pas tot ons komen nadat ze zich eerst duizend jaar voor hun toren hebben afgebeuld!

Zij zullen ons dan opnieuw onder de grond, in de catacomben zoeken, waar wij ons hebben verborgen omdat wij weer vervolgd en gemarteld zullen worden. Ze zullen ons weten te vinden en jammeren: »Geef ons te eten, want zij die ons het vuur van de hemel beloofden, hebben het ons niet gegeven.«* En dan zullen wij hun toren voltooien, want alleen wie hen te eten geeft kan dat volbrengen. Wij alleen zullen hen – in uw naam – voeden, en wij zullen ook voorgeven dat het in uw naam geschiedt. O, zonder onze hulp zullen ze nooit, nooit in staat zijn zichzelf te voeden! Geen enkele wetenschap zal hen brood kunnen geven zolang zij vrij blijven. Uiteindelijk zullen zij hun vrijheid aan onze voeten leggen en zeggen: »Maak ons maar tot jullie slaven als jullie ons maar te eten geven.« Zij zullen uiteindelijk zelf inzien dat vrijheid voor iedereen èn aards brood voor allen in voldoende mate, niet samen kunnen gaan, want nooit, nooit zullen zij in staat zijn met elkaar te delen! Zij zullen zich tenslotte realiseren dat zij nooit vrij kunnen zijn omdat zij zwak, verdorven, nietswaardig en opstandig zijn.

U hebt hen het hemelse brood beloofd,* maar ik vraag u nogmaals: kan dàt brood, in de ogen van dat zwakke, eeuwig verdorven en eeuwig ondankbare menselijke ras, de vergelijking met het aardse brood doorstaan? En als duizenden en tienduizenden u om wille van dat hemelse brood zullen volgen dan blijft de vraag: wat gebeurt er met de miljoenen, met de tienduizenden miljoenen wezens die niet in staat zullen zijn om ter wille van het hemelse brood het aardse te verwerpen? Of zijn alléén die tienduizenden groten en sterken u dierbaar en moeten die overige miljoenen, talrijk als het zand van de zee, zwak, maar vol liefde voor u, moeten die alleen maar dienst doen als materiaal voor de groten en sterken?

Nee, wij hebben ook de zwakken lief. Zij zijn weliswaar verdorven en opstandig, maar uiteindelijk zullen ook zij volgzaam worden. Zij zullen vol bewondering naar ons opzien en denken dat wij goden zijn, omdat wij de leiding hebben genomen en bereid zijn geweest de vrijheid die zij zozeer vreesden te dragen en over hen te heersen – zo verschrikkelijk zullen zij het tenslotte vinden om vrij te zijn!

Maar wij zullen hen voorhouden dat wij uw volgelingen zijn en in uw naam regeren. Daarmee bedriegen wij hen wederom, want wij zullen u niet meer in ons midden dulden. In dit bedrog ligt ons lijden besloten, want wij zullen gedwongen zijn te liegen.

Dat was de betekenis van de eerste vraag van de wijze geest in de woestijn en dat was wat u in naam van de vrijheid hebt verworpen – want niets stelde u hoger dan de vrijheid!

Maar juist in die vraag ligt het grote geheim van deze wereld besloten. Als u van de stenen brood had gemaakt, dan zou u de universele, eeuwig menselijke vraag – zowel van het individu als van de mensheid in zijn geheel – hebben beantwoord: »Wie moeten wij aanbidden?«

Zolang de mens vrij is, is er niets dat hem zo aanhoudend kwelt dan de zorg zo spoedig mogelijk iets te vinden wat hij kan aanbidden. Het moet echter iets zijn dat volkomen onbetwistbaar is, zo onbetwistbaar dat alle mensen onmiddellijk bereid zullen zijn om zich als één man ter aarde te werpen. Want die beklagenswaardige schepselen zoeken niet iets wat alleen door henzelf of iemand anders vereerd kan worden, het moet tevens iets zijn waar *alle* mensen in kunnen geloven, wat ze *allen* zullen aanbidden, en dan ook nog *allemaal tegelijk.*

Sinds het begin van de wereld wordt de mens – en de mensheid in zijn geheel – nog het meest gekweld door de behoefte aan *gemeenschappelijke* aanbidding. Terwille van dit ideaal van collectieve aanbidding hebben mensen elkaar te vuur en te zwaard bestreden. Zij hebben goden geschapen en elkaar toegeschreeuwd: »Verwerp uw goden en kom die van ons vereren, anders zullen we u en uw goden vernietigen!« Zo zal het blijven tot het einde der tijden – zelfs als alle goden van de aardbodem verdwijnen, zullen zij nog voor idolen neerknielen.

U wist dit, het kan niet anders of u moet dit diepste geheim van de menselijke natuur hebben gekend. Maar u hebt de enige, absolute oplossing die u werd aangeboden van de hand gewezen! Het enige middel waarmee u allen, zonder uitzondering, kon dwingen om voor u neer te knielen – het aardse brood – hebt u geweigerd in naam van de vrijheid en het hemelse brood.

En bedenk wat u verder nog hebt gedaan, en weer allemaal in naam van de vrijheid! Ik zeg u dat de mens geen kwellender zorg heeft dan iemand te vinden aan wie hij zo gauw mogelijk het geschenk waarmee hij, beklagenswaardig schepsel, wordt geboren – de vrijheid – kan overdragen. De vrijheid van de mensen kan echter alleen maar in bezit worden genomen door iemand die in staat is hun geweten gerust te stellen.

Met het brood werd u een onfeilbaar middel in handen gegeven. Als u de mensen brood geeft zullen zij u aanbidden, want niets overtuigt méér dan brood. Maar mocht tegelijkertijd iemand zich buiten u om meester weten te maken van het geweten van de mensen, dan zullen zij zelfs uw brood versmaden en degene volgen die hun geweten in zijn ban heeft. Daarin had u gelijk.* Want het geheim van het menselijk bestaan is niet alleen gelegen in het verlangen òm te leven, maar ook in het verlangen iets te hebben om voor te leven. Zonder een duidelijke voorstelling van waarvoor hij leeft, zal de mens niet willen leven. Hij zal zichzelf eerder vernietigen dan op aarde blijven – ook al lagen er overal broden om hem heen.

Zo is het, maar wat gebeurde er? In plaats van u meester te maken van de vrijheid van de mens, hebt u die groter gemaakt! Was u soms vergeten dat gemoedsrust, ja zelfs de dood, de mens liever is dan de vrije keuze in het onderscheid tussen goed en kwaad? Niets is verleidelijker voor de mens dan de vrijheid van geweten, maar ook niets is een grotere kwelling. Maar in plaats van vaste beginselen te geven om het geweten van de mens eens en voor altijd rust te geven, hebt u gekozen voor iets wat vreemd, raadselachtig en vaag is – al wat de krachten van de mens te boven gaat. U handelde als iemand die in het geheel niet van de mens houdt – u die gekomen was om uw leven voor hen te geven!

In plaats van u meester te maken van de vrijheid van de mens hebt u die verruimd en de ziel van de mens voor altijd belast met de daaraan verbonden kwellingen. U wilde dat de mens u in vrijheid zijn liefde zou geven en u uit vrije wil zou volgen, bekoord en aangetrokken door u. In plaats van de harde wet van het Oude Testament kreeg de mens nu voortaan de vrijheid om zelf onderscheid te maken tussen goed en kwaad, met als enige leidraad uw lichtend voorbeeld. Is het dan werkelijk niet bij u opgekomen dat de mens uiteindelijk zèlfs uw lichtend voorbeeld en uw waarheid zal verwerpen en bestrijden, als hij gebukt moet gaan onder zo'n vreselijke last als de vrijheid van keuze? U hebt dus zelf de mogelijkheid geschapen dat uw koninkrijk ineenstort, en daar kunt u dus niemand de schuld van geven.'

'Maar dit is niet alles wat u werd aangeboden. Er zijn drie krachten, de enige drie krachten op aarde die in staat zijn het geweten van die armzalige opstandelingen voor altijd te onderwerpen en tot hun welzijn aan banden te leggen. Deze drie krachten zijn: het wonder, het mysterie en de autoriteit.*

U hebt ze alle drie verworpen en daarmee hebt u de mensheid een voorbeeld gegeven. Toen de verschrikkelijke, wijze geest u op de tinne van de tempel plaatste en tot u zei: »Als u wilt weten of u Gods zoon bent, werp u dan naar beneden. Want er staat van hem geschreven dat de engelen hem op de handen zullen dragen; hij zal niet neerstorten en zich niet verwonden. Dan zult u weten of u Gods zoon bent en bewijzen hoe groot uw geloof in uw Vader is.«*

U hoorde hem aan en hebt zijn voorstel afgewezen; u hebt zich niet naar beneden geworpen. Ja, uw gedrag was fier en indrukwekkend, als van een god. Maar mensen, dat zwakke, opstandige ras, zijn toch geen goden! U hebt toen heel goed begrepen dat u door maar één stap te doen, door één beweging te maken om u naar beneden te werpen, God op de proef had gesteld en tegelijkertijd al uw geloof in Hem verloren zou hebben. Dan zou u te pletter zijn geslagen op dezelfde aarde die u kwam redden, en dan zou de wijze geest die u wilde verleiden zich zeer hebben verheugd.

Ik vraag u nog eens: zijn er velen zoals u? En hebt u werkelijk één ogenblik kunnen geloven dat ook mensen een dergelijke verleiding zouden kunnen weerstaan? Is de menselijke natuur zo geschapen dat zij in staat is het wonder af te wijzen? Is zij in staat om in dergelijke verschrikkelijke momenten van het leven, ogenblikken waarin de ziel door de verschrikkelijkste en meest fundamentele problemen wordt gekweld, zich te houden aan de vrije beslissing van het hart?

U wist dat uw heldhaftige daad in boeken zou worden vastgelegd, dat deze de tijd zou trotseren en tot in de verste uithoeken van de aarde bekend zou worden. U hoopte dat de mens door u te volgen trouw zou blijven aan God zonder dat hij wonderen nodig had. Maar u wist niet dat wanneer de mens het wonder afwijst, hij daarmee gelijk ook God verwerpt – want de mens zoekt niet zozeer God, als wel het wonder. En aangezien de mens niet zonder wonderen kan, zal hij zelf wonderen creëren, zijn eigen wonderen. Hij zal zich opnieuw op de knieën werpen voor de kunsten van tovenaars en heksen, al is hij ook honderd keer een rebel, een ketter of een godsloochenaar.

U bent niet van het kruis afgekomen toen zij u spottend en honend toeriepen: »Kom van het kruis af, dan zullen we geloven dat u het werkelijk bent!« U hebt dat niet gedaan, alweer omdat u de mensen niet door een wonder wilde onderwerpen. U smachtte naar een geloof in vrijheid, u wilde geen geloof dat op wonderen was gebaseerd. U verlangde liefde in vrijheid gegeven, niet de onderdanige aanbidding van slaven waarvan de meester hen eens en voor altijd angst heeft ingeboezemd. Ook daarin hebt u de mensen te hoog aangeslagen, want het zijn en blijven slaven.

Kijk om u heen en oordeel zelf: er zijn nu vijftien eeuwen voorbij gegaan en wat ziet u? Wie hebt u tot uw hoogte opgeheven? Ik bezweer u dat de mens een zwakker en nietiger schepsel is dan u meende. Kan hij ooit volbrengen wat u hebt volbracht? Door de mens zo hoog aan te slaan bent u te kort geschoten in medelijden met hem; u hebt te veel van hem geëist – u die hem meer lief hebt dan uzelf! Als u hem minder hoog had aangeslagen, zou u minder van hem hebben gevergd. Dit zou liefdevoller zijn geweest, want dan had hij minder te dragen gekregen. De mens is nu eenmaal zwak en verdorven.

Wat doet het er toe dat hij op het ogenblik overal tegen ons gezag in opstand komt en trots is op zijn rebellie? Dat is de trots van een kind, de trots van een schooljongen. Het zijn de kinderen die herrie schoppen in de klas en de meester wegjagen. Maar aan de pret van de kinderen komt eens een einde, en het zal hen duur komen te staan. Zij zullen de tempels neerhalen en de aarde drenken in bloed.* Maar tenslotte zullen de dwaze kinderen inzien dat ze weliswaar rebellen zijn, maar zwakke rebellen, die de kracht missen om hun oproer vol te houden. Na in tranen te zijn uitgebarsten zullen ze tenslotte beseffen dat degene die hen als rebellen heeft geschapen dit ongetwijfeld deed om hen uit te kunnen lachen. In hun vertwijfeling zullen zij dit uitspreken en daardoor God lasteren. Die godslastering zal hen nog ongelukkiger maken dan ze al zijn, want de mens kan van nature geen godslastering verdragen en dit zal zich uiteindelijk wreken. Onrust, verwarring en ellende is tegenwoordig het lot van de mensen op aarde, terwijl u zoveel voor hun vrijheid hebt geleden!

Uw grote profeet Johannes heeft een visioen gehad en zegt in een allegorie* dat hij allen heeft gezien die deel uitmaken van de eerste opstanding; het waren er twaalfduizend van iedere stam. Wanneer het er werkelijk zo veel zijn, dan moeten het haast goden in plaats van mensen zijn geweest. Zij hebben uw kruis gedragen, zij hebben tientallen jaren naakt en hongerig in de woestijn gewoond en slechts van sprinkhanen en wortels geleefd. U kunt terecht met trots wijzen op die kinderen van de vrijheid die u spontaan lief hebben gehad, die in uw naam spontaan en grootmoedig offers hebben gebracht. Maar bedenk dat het er al met al slechts enige duizenden zijn geweest, en goden bovendien. Maar de overigen? Wat kunnen die zwakkelingen er aan doen dat ze niet kunnen verdragen wat de sterken wel aankunnen? Is het de schuld van de zwakke ziel dat zij niet in staat is zulke verschrikkelijke gaven te ontvangen? Bent u werkelijk alleen maar op aarde gekomen voor die kleine groep uitverkorenen? Als dat zo is, dan is dit een mysterie, iets dat wij niet kunnen begrijpen.

Als het een mysterie is hebben wij ook het recht om een mysterie te prediken en hen te leren dat het niet gaat om een vrije keuze van het hart, dat het niet gaat om liefde, maar om een mysterie waar zij zich blindelings aan moeten overgeven, ook als hun geweten zich daar tegen verzet. En dat hebben we ook gedaan.

Wij hebben uw werk verbeterd en het gegrondvest op het wonder, het mysterie en de autoriteit. En de mensen waren blij dat ze opnieuw als een kudde werden geleid, en dat hun hart eindelijk werd verlost van de verschrikkelijke gave die hen zoveel ellende had bezorgd.

Zeg mij: hadden wij geen gelijk dit te doen en hen aldus te onderrichten? Hebben wij soms niet van de mensen gehouden toen wij, omdat we in onze deemoed hun onmacht zo goed begrepen, vol liefde hun last hebben verlicht? Wij hebben die zwakkelingen zelfs de zonde toegestaan, althans voor zover het ons goeddunkt. Waarom komt u ons nu storen?

Waarom zwijgt u en kijkt u mij zo doordringend aan met uw zachtmoedige ogen? Word liever kwaad! Ik wil uw liefde niet, want ik voel geen liefde voor u. Wat zou ik voor u moeten verbergen? Dacht u dat ik niet wist tot wie ik spreek? Alles wat ik u te zeggen heb is u allang bekend; ik zie het aan uw ogen. Waarom zou ik ons geheim voor u verbergen? Misschien wilt u het wel juist uit mijn mond horen!'

'Luister! Wij zijn niet met u, maar met *hem* – dat is ons geheim! Al achthonderd jaar zijn wij niet meer met u, maar met hem. Precies acht eeuwen geleden* hebben wij het geschenk van hem aangenomen, het laatste geschenk waarbij hij u alle koninkrijken van de wereld liet zien en dat u verontwaardigd hebt afgewezen. Wij hebben Rome van hem aangenomen en het zwaard van de keizer. Wij hebben onszelf uitgeroepen tot heerser van de aarde, tot alleenheerser, al zijn we er tot op heden nog niet in geslaagd ons werk te voltooien.

Maar kunnen we daar iemand de schuld van geven? Ons werk is nog maar pas begonnen, maar het begin is er. Wij zullen nog lang op de voltooiing moeten wachten en de aarde zal nog veel moeten lijden, maar wij zullen ons doel bereiken, keizer worden – en dan zullen wij aan het geluk van alle mensen op aarde kunnen gaan denken.

U had echter toen al het zwaard van de keizer kunnen aanvaarden. Waarom hebt u dat laatste geschenk geweigerd? Als u naar de derde raad van de machtige geest had geluisterd, dan zou u alles hebben vervuld waar de mens op aarde naar zoekt. Dat wil zeggen: wie hij moet aanbidden, wie hij zijn geweten moet toevertrouwen en hoe hij zich met iedereen tot één grote, eensgezinde mierenhoop moet verenigen – de behoefte aan universele eenwording is namelijk de derde en laatste kwelling van de mens.

De mensheid als geheel heeft er altijd naar gestreefd om zich over de hele wereld aaneen te sluiten. Er zijn veel grote volkeren met een grote geschiedenis geweest, maar hoe hoger hun ontwikkeling hoe ongelukkiger ze waren, want des te sterker leefde in hen het verlangen naar de eenheid van alle mensen. Grote veroveraars zoals Timoer en Dzengis-Khan stormden als een wervelwind over de aarde in hun pogingen de wereld te veroveren en daarbij gaven zij, al was het onbewust, uitdrukking aan dezelfde diepe behoefte van de mens aan een universele, wereldomvattende eenheid.

Als u de heerschappij over de wereld en het purper van de keizer had aanvaard, zou u een wereldrijk hebben gesticht waar overal vrede heerste. De enige die over de mens kan heersen is tenslotte hij die heer en meester is van hun geweten en in wiens handen hun brood ligt.

En dus hebben wij het zwaard van de keizer aanvaard; door het aan te nemen hebben wij u natuurlijk verloochend en zijn we *hem* gevolgd. Er zullen nog eeuwen voorbijgaan waarin de anarchie van hun vrije geest heerst, hun wetenschap en hun kannibalisme, want nu zij zonder ons zijn begonnen met de bouw van hun toren van Babel zullen ze eindigen met kannibalisme.

Maar dan zal het beest* naar ons toekruipen om onze voeten te likken en zullen zijn ogen ze besproeien met tranen van bloed. En dan zullen wij ons op de rug van het beest zetten en de kelk in de hoogte heffen waarop geschreven staat:

»Mysterie!« Pas dan zal voor de mensheid het rijk beginnen van vrede en geluk.

U bent trots op uw uitverkorenen, maar u hebt enkel die uitverkorenen, terwijl wij allen vrede zullen brengen. En dan: hoeveel van uw uitverkorenen en van de sterke naturen die uitverkorenen hadden kunnen worden, hebben het tenslotte opgegeven nog langer op u te wachten? Hoevelen van hen hebben de kracht van hun geest en de gloed van hun hart in dienst van iets anders gesteld, en zullen dat ook in de toekomst doen en er uiteindelijk toe overgaan onder het banier van de *vrijheid** tegen u in opstand te komen? Maar dat banier hebt u zelf geheven!

Bij ons zullen zij allemaal gelukkig zijn, zullen ze niet meer in opstand komen en elkaar niet meer uitroeien zoals in uw rijk van vrijheid overal geschiedt. Wij zullen hen er van weten te overtuigen dat zij pas dan vrij zullen zijn als ze hun vrijheid aan ons overdragen en zij zich aan ons onderwerpen. Wat denkt u, zullen wij gelijk krijgen of zal dit een leugen blijken te zijn?

Zij zullen zelf tot de overtuiging komen dat wij gelijk hebben, want ze zullen zich herinneren in welke verschrikkelijke slavernij en verwarring uw vrijheid hen heeft gebracht. Vrijheid, de vrije geest en de wetenschap zullen hen in zulke doolhoven doen belanden en hen voor zulke wonderen en onoplosbare raadsels plaatsen dat sommigen van hen, de onbuigzamen en tegelijk opvliegenden, zichzelf zullen vernietigen. Anderen, de onbuigzamen maar tegelijk zwakken, zullen elkaar vernietigen. De derde groep die overblijft, de zwakken en ongelukkigen, zal naar ons toe komen kruipen en aan onze voeten huilend uitroepen: »Ja, gij hebt gelijk gehad, alleen gij kent zijn geheim. Wij keren naar u terug – red ons van onszelf!«

Als zij brood van ons krijgen, zullen zij duidelijk zien dat wij hen het brood dat ze door hun arbeid hebben verworven afnemen, om het vervolgens weer aan hen uit te reiken en dat er van een wonder geen sprake is. Zij zullen zien dat wij geen stenen in brood hebben veranderd. Maar waarachtig, zij zullen zich meer verheugen over het feit dat ze het brood uit onze handen ontvangen dan over het brood zelf! Want zij zullen zich nog maar al te goed herinneren hoe vroeger, toen ze ons nog niet hadden, het door hen verworven brood in hun handen in stenen veranderde. Terwijl dezelfde stenen, nadat zij tot ons waren teruggekeerd, in hun handen in brood veranderden. Zij zullen hogelijk weten te waarderen wat het betekent om zich eens en voor altijd te onderwerpen!

Zolang de mensen dat niet begrijpen, zullen zij ongelukkig zijn. En zeg mij: wie heeft meer dan enig ander dit onbegrip in de hand gewerkt? Wie heeft de kudde uiteengedreven en verstrooid op onbekende paden?

Maar de kudde zal zich weer verzamelen en zich opnieuw onderwerpen, en dan voorgoed. Dan zullen wij hen het stille, nederige geluk schenken; het geluk dat voor zwakke wezens is bestemd, want zo zijn zij nu eenmaal geschapen.

Wij zullen hen er tenslotte van overtuigen dat trots hen niet past, want door hen te verheffen hebt u hen hoogmoedig gemaakt. Wij zullen hen aantonen dat ze zwak zijn, dat zij slechts beklagenswaardige kinderen zijn, maar dat kindergeluk zoeter is dan enig ander geluk.

Zij zullen schuchter worden, zij zullen tegen ons opzien en zich angstig tegen ons aanvleien zoals kuikens tegen de hen. Zij zullen vol bewondering en vol ontzag naar ons opzien. Zij zullen er trots op zijn dat wij zo machtig en wijs zijn dat wij die oproerige kudde van duizenden miljoenen hebben kunnen temmen. Zij zullen sidderen en beven voor onze toorn. Hun geest zal krachteloos worden, hun ogen zullen snel vol tranen springen zoals bij vrouwen en kinderen, maar op één enkel gebaar van ons zullen zij weer vrolijk zijn en lachen, en vol vreugde een kinderlijk liedje zingen. Ja, wij zullen hen zeker dwingen te werken, maar in de vrije uren zullen wij hun leven inrichten als een spel voor kinderen, met kinderlijke liedjes, in koor gezongen, en onschuldige dansjes.

Wij zullen hen zelfs toestaan te zondigen, zij zijn nu eenmaal zwak en hulpeloos. Zij zullen als kinderen van ons houden omdat wij hen toestaan te zondigen. Wij zullen hen vertellen dat iedere zonde vergeven zal worden, als deze met onze toestemming is begaan. Wij zullen hen toestaan te zondigen omdat wij van hen houden, en de straf voor hun zonden zullen wij op ons nemen.

Als wij de straf dragen zullen ze ons vereren als hun weldoeners, omdat wij in Gods aangezicht hun zonden op ons willen nemen.

Zij zullen geen geheimen voor ons hebben. Wij zullen hen toestaan of verbieden met hun vrouw of minnares te leven, wel of geen kinderen te krijgen – al naar gelang hun gehoorzaamheid – en zij zullen zich blij en vol vreugde aan ons onderwerpen. Alles, ook de verschrikkelijkste geheimen van hun geweten, alles zullen zij aan ons voorleggen. Wij zullen in alles uitspraak doen en zij zullen blij onze beslissingen aanvaarden omdat ze daardoor worden verlost van de grote zorg en de vreselijke kwellingen die de vrije, persoonlijke keuze met zich meebrengt.

Zij zullen allen gelukkig zijn, al die miljoenen schepselen, met uitzondering van de honderdduizend die hen leiden. Alleen wij, wij die het geheim kennen, zullen ongelukkig zijn. Er zullen duizenden miljoenen gelukkige kinderen zijn en honderdduizend martelaren die de vloek van de kennis van goed en kwaad op zich hebben genomen. De mensen zullen vreedzaam sterven en in stilte in uw naam overgaan, maar aan de andere kant van het graf zullen zij alleen de Dood aantreffen. Maar wij zullen het geheim bewaren en hen terwille van hun geluk lokken met een eeuwige, hemelse beloning. Want ook als er in de volgende wereld iets zou zijn, is dat natuurlijk niet bestemd voor schepsels zoals zij.

Er is gezegd en voorspeld dat u terug zult keren en opnieuw zult zegevieren. U zult terugkomen met uw uitverkorenen, uw fiere machtige volgelingen, maar wij zullen verklaren dat zij alleen maar zichzelf hebben gered, terwijl wij allen hebben gered.

Er is voorspeld dat de hoer die op het beest zit en in haar handen het *mysterie* houdt, te schande zal worden gemaakt.* De zwakken zullen opnieuw in opstand komen, zij zullen haar purperen kleed in stukken scheuren en haar »ontuchtige« lichaam ontbloten. Maar dan zal ik opstaan en u wijzen op de duizenden miljoenen gelukkige kinderen die de zonde niet kennen. Wij die, om hen gelukkig te maken, hun zonden op ons hebben genomen, zullen voor u staan en zeggen: »Spreek een oordeel uit – als u dat kunt en durft!«'

'Weet dat ik u niet vrees. Weet dat ook ik in de woestijn heb geleefd, dat ook ik mij met sprinkhanen en wortels heb gevoed. Ook ik heb de vrijheid gezegend die u de mens als zegen hebt gegeven. En ook ik maakte mij gereed om mij bij de schare van uw uitverkorenen te voegen, de machtigen en sterken, in het diepe verlangen »het getal vol te maken.«*

Maar ik ben tot bezinning gekomen en wilde de dwaze zaak niet langer dienen. Ik heb mij omgedraaid en heb mij aangesloten bij de schare die *uw werk heeft verbeterd.* Ik heb de trotsen achter mij gelaten en heb mij tot de deemoedigen gewend – terwille van het geluk van de deemoedigen. Wat ik u zeg zal in vervulling gaan: ons rijk zal verrijzen!

Zoals ik al eerder zei, morgen zult u die gedweeë kudde zien die op mijn eerste wenk toe zal snellen om gloeiende kolen aan te dragen voor de brandstapel waarop ik u zal laten verbranden omdat u ons bent komen storen. Als er iemand is die meer dan enig ander de brandstapel heeft verdiend, dan bent u het wel. Morgen zal ik u laten verbranden. Dixi!'

*

Als de groot-inquisiteur is uitgesproken, wacht hij enige tijd op wat de gevangene zal antwoorden. Diens zwijgen beklemt hem. Hij heeft gezien dat de gevangene de hele tijd rustig en aandachtig naar hem heeft geluisterd, en deze heeft hem daarbij recht in het gezicht gekeken. Kennelijk heeft hij niet de behoefte om iets terug te zeggen.

De grijsaard merkt dat hij eigenlijk wil dat de ander iets zal zeggen, al is het nog zo bitter of verschrikkelijk.

Maar opeens komt de gevangene zonder een woord te zeggen naar hem toe en kust hem zacht op de bloedeloze lippen. Dat is zijn enige antwoord!

De groot-inquisiteur huivert en zijn mondhoeken trillen – de kus brandt in zijn hart. Hij gaat naar de deur, maakt deze open en zegt tot zijn gevangene: 'Ga heen en kom niet meer terug... kom nooit meer terug... nooit, nooit meer!'

Hij laat hem gaan en ziet hem verdwijnen in de duistere straten van de stad.

EEN NAWOORD

IN DE GROOT-INQUISITEUR heeft Dostojevski op een buitengewoon heldere wijze de kern van de problematiek in het leven van de mens beschreven. Met grote gedrevenheid, voortkomend uit profetische inspiratie, analyseert hij wat door alle tijden heen ons denken en doen heeft bepaald.

In de legende verschijnt Jezus in Sevilla ten tijde van de gruweldaden van de inquisitie. Iedereen herkent Hem. Het volk is opgelucht en opgetogen;velen komen met hun kwalen en Jezus geneest hen. Allen scharen zich om Hem heen. Maar zodra de groot-inquisiteur met zijn knechten verschijnt, verstommen de omstanders en wijken zij voor hen. Het tegenstrijdige in deze situatie komt voort uit het feit – en Dostojevski stelt het onomwonden – dat de mens in de vaak verschrikkelijke worsteling die zijn evolutie op aarde met zich meebrengt, Jezus Christus eigenlijk als een enorme teleurstelling ervaart. De groot-inquisiteur arresteert Hem dan ook onmiddellijk en werpt Hem in de gevangenis.

Waarop berust de geweldige macht die de oude

groot-inquisiteur uitstraalt? De groot-inquisiteur wordt eigenlijk door geen enkele twijfel belemmerd. Dit blijkt ook wanneer hij Jezus 's nachts in de gevangenis bezoekt en Hem zonder meer meedeelt dat hij Hem veroordeelt tot de brandstapel. Het vonnis zal de volgende dag worden voltrokken. Jezus kijkt hem alleen maar aan en zegt niets. De groot-inquisiteur wordt door dit zwijgen gekweld en wil zich rechtvaardigen. Hij verwijt Jezus dat Hij zijn opdracht niet heeft vervuld en dat Hij heeft geweigerd tegen het kwaad ten strijde te trekken. Jezus verlangt het onmogelijke van de mens en is daardoor alleen maar de Verlosser van een klein aantal uitverkorenen. Door niet van zijn macht gebruik te maken en de wereld te bevrijden van het kwaad, laat Hij het overgrote deel van de mensheid verloren gaan.

Wie van ons zou durven beweren dat de gedachten van de groot-inquisiteur hem geheel vreemd zijn? De mens rebelleert immers tegen de gang van zaken op aarde? Hij rebelleert tegen alles wat hij als wreedheid en onrecht ervaart.

Uit de behoefte van de mens om de oorzaak van de verschrikkingen op aarde aan te kunnen wijzen, is er door de eeuwen heen een grote verscheidenheid aan theorieën ontstaan. Die theorieën moeten een verklaring zijn van alles wat voor ons onbegrijpelijk en onaanvaardbaar is.

Is de mens diep in zijn hart bang dat hij met een wrede Schepper te maken heeft? Een dergelijke angst verdringt hij natuurlijk onmiddellijk, want dat kàn en màg niet waar zijn. En toch zal niemand kunnen ontkennen dat die angstige gedachte hem wel eens overvalt.

De oude profeten hebben de komst van een Verlosser, de Messias aangekondigd. Met zijn komst zal een nieuw tijdperk aanbreken en daarop stelt de mens al zijn hoop en verwachtingen. Maar voldoet Jezus aan de verwachtingen?

Er zijn vele tekenen, er gebeuren vele wonderen en steeds meer mensen voelen zich tot Hem aangetrokken. Zijn uitspraken zijn wonderlijk en getuigen van een buitengewoon inzicht. Maar de geestelijke leiders ergeren zich aan Hem. Zij zijn jaloers omdat zoveel mensen naar Hem luisteren, en bevreesd omdat Jezus zich heel anders opstelt dan zij van de Messias hadden verwacht.

De mens heeft zich al een bepaalde voorstelling gemaakt van wat er moet gebeuren om Gods Koninkrijk op aarde te herstellen. Er zal in ieder geval streng moeten worden opgetreden tegen ieder die Gods wetten niet eerbiedigt, en daar heeft de mens macht voor nodig. Eeuwenlang is dat voor de mensheid het belangrijkste scenario geweest.

In onze tijd heeft de gedachte ingang gevonden dat de mens goed is, maar dat het de structuren zijn die niet deugen. Als gelijkheid onder de mensen wordt nagestreefd, zijn strenge maatregelen niet meer nodig. Door het verbeteren van de structuren zal er vanzelf een betere en rechtvaardiger wereld ontstaan. In dit moderne scenario blijkt dat de teleurstelling in de Schepper en zijn Verlosser zo groot is, dat zij beiden geheel buiten beschouwing worden gelaten of als 'opium voor het volk' worden aangemerkt.

De scenario's komen beide voort uit het verlies van vertrouwen van de mens in zijn Schepper. De inquisiteuren onder ons zoeken hun heil in harde wetten, anderen in het verbeteren van structuren. Allen menen zij het bij het rechte eind te hebben en gaan zonder aarzelen voort op de ingeslagen weg.

Hoewel niemand kan ontkennen dat wij diep in de problemen zitten, menen wij tegelijkertijd volkomen zeker te weten hoe die problemen moeten worden opgelost. Zo blijven wij geheel ontoegankelijk voor een andere visie. Ook naar Jezus konden en kunnen wij niet luisteren omdat Hij niet aan ons verwachtingspatroon voldoet.

Uit wat wij door de overleveringen weten over het leven van Jezus op aarde, blijkt duidelijk dat zijn inzicht en handelen uit een geheel ander weten voortkomt. Hij kent geestelijke dimensies waartoe wij – nog? – geen toegang hebben.

Het boven-menselijke van Jezus blijkt uit zijn woord en daad. Zijn hele leven getuigt van onbaatzuchtigheid, volledige betrouwbaarheid en een onmetelijke liefde. Hij geeft ons daarin een mogelijkheid om ons vertrouwen in de Schepper te hervinden. En dan worden wij ook ontvankelijk voor de ware betekenis van zijn woorden. Jezus spreekt daarom ook van het 'koninkrijk binnengaan' en nooit van 'het koninkrijk binnen gelaten worden'.

De gedachten van de groot-inquisiteur komen voort uit een door onze dimensies beperkte geest. Hij kan zich daardoor geen andere reacties voorstellen dan die welke gekenmerkt worden door zijn eigen, beperkte zijn. Hij verwacht niet anders dan dat Jezus bij het horen van zijn veroordeling het angstzweet zal uitbreken. Jezus is echter helemaal niet bang. Hij weet wat de mens tot zijn waanzin brengt. Hij weet dat hij niets anders *mag* verwachten.

De groot-inquisiteur voelt zich, door een begin van twijfel, gedwongen om al zijn verwijten uit te spreken. Maar Jezus kent al die verwijten.
Hij weet dat ieder mens die koppig met zijn eigen beperkingen blijft leven wel tot zulke verwijten moèt komen.

Wanneer de groot-inquisiteur zijn lange, briljante betoog heeft beëindigd, maakt het bovenmenselijke inzicht van Jezus in een woordloos antwoord een einde aan de heilloze zekerheid van de kerkvost.

Is deze legende een profetische waarschuwing van Dostojevski? Heeft hij vooruit gezien dat de mens halsstarrig door zou gaan met te vertrouwen op menselijke krachten en inzichten om menselijke zwakheden en vergissingen het hoofd te bieden? Wordt de betrouwbaarheid van Dostojevski's inzicht en geloof niet bevestigd door het mededogen dat hij toont, zelfs met de groot-inquisiteur? 'Barmhartigheid vraag Ik en geen offerande' waren Jezus' woorden.

J. HUPKES

PAG. 8·3–5 De profeet Johannes in Openbaring 22 : 7. De woorden van Jezus zijn naar Mattheüs 24 : 36.

PAG. 8·16 Een verwijzing naar de legende waarin Maria in gezelschap van Petrus en Johannes de heilige monnik Sergei van Radonesh (†1392) heeft bezocht.

PAG. 8·20 Maarten Luther begon in 1517 met zijn hervormingen.

PAG. 9·22 Mattheüs 24 : 27.

PAG. 9·27 Deze achtergrond heeft Dostojevski ontleend aan 'History of the reign of Philip II of Spain' (1853-1858) door de Amerikaanse historicus William Prescott waarvan hij een Russische vertaling bezat. De rooms-katholieke Kerk kende vanouds een rechtbank om ketters op te sporen en te bestraffen. Met instemming van de paus werd de Spaanse inquisitie in 1483 een staatsinstelling en mocht de groot-inquisiteur door de koning worden benoemd. De ketters werden met grote wreedheid vervolgd, de Joden in 1492 verdreven, en het protestantisme uitgeroeid. Ten tijde van Filips II was Fernando Valdes, de kardinaal-aartsbisschop van Sevilla, de groot-inquisiteur.

PAG. 10·2 Een auto-da-fe is de afkondiging van de vonnissen van de inquisitie. Zij die boete wilden doen moesten hierbij hun dwaling afzweren, zij die volhardden werden aan de wereldlijke rechtbank uitgeleverd. Later werd ook de met veel vertoon omgeven terechtstelling auto-da-fe genoemd. De laatste auto-da-fe vond in 1781 in Sevilla plaats.

PAG. 10·7 'Tot meerdere glorie van God', een spreuk die reeds in 594 voorkomt bij paus Gregorius de Grote en die later het devies is geworden van de orde der jezuïeten.

PAG. 11·19 In de opwekking van het dochtertje van Jaïrus staan bij Marcus 5 : 41 de woorden van Jezus in het Aramees.

PAG. 11·30 Uit de beschrijving blijkt dat Dostojevski zich ook heeft laten inspireren door de groot-inquisiteur die Schiller in zijn 'Don Carlos' (1787) ten tonele voert.

PAG. 14·12 De idee van de vrijheid is van grote betekenis binnen het Nieuwe Testament, maar Jezus spreekt er alleen over in Johannes 8 : 32 en 8 :36.

PAG. 14·32 Bedoeld wordt: Dank zij de inquisitie...

PAG. 15·9 Jezus tot Petrus in Mattheüs 16 : 18–20.

PAG. 15·16 In zijn betoog noemt de groot-inquisiteur de duivel steeds 'geest'. De benaming 'geest van de zelfvernietiging' wil zeggen dat de duivel de mens, en uiteindelijk de hele schepping, er toe wil verleiden om zichzelf (al is het alleen maar in geestelijke zin) te vernietigen.

PAG. 15·24 Mattheüs 4 : 1–11 en Lucas 4 : 1–13.

PAG. 17·27 In de ogen van Dostojevski is deze profetie van de groot-inquisiteur reeds in vervulling gegaan met de Verlichting en het geloofsverval in de 18e en 19e eeuw. Hij refereert hier aan Openbaring 13 : 4 & 13; 'het vuur van de hemel' staat in dit verband voor 'de wonderen van de techniek'.

PAG. 18·7 In een brief aan de 'Russische

Bode' heeft Dostojevski geschreven: 'Ons Russisch socialisme, dat dwaas is, maar verschrikkelijk omdat het zovele jonge aanhangers telt, komt neer op »brood en spelen« en mondt uit in de toren van Babel, dat wil zeggen de socialistische heilstaat waarin de vrijheid van geweten volledig wordt beknot.' Maar hoewel Dostojevski opvattingen en ontwikkelingen van zijn tijd in het verhaal heeft verwerkt, is het in de eerste plaats symbolisch bedoeld en is het eigenlijk tijdloos.

PAG. 18·20 'Het vuur van de hemel' is hier de techniek die zorgt voor zo'n grote voedselproduktie dat iedereen genoeg te eten heeft. Dostojevski was er van overtuigd dat het atheïstische socialisme nooit in staat zou zijn om voldoende voedsel te produceren voor ieder mens omdat er vanuit de beginselen van het atheïstische materialisme geen ethiek van naastenliefde kan ontstaan.

PAG. 19·5 Johannes 6 : 51.

PAG. 21·30 'Niet van brood alleen zal de mens leven, maar van alle woord dat van Gods mond uitgaat,' had Jezus bij de eerste verzoeking geantwoord. Het woord van God voedt 'het geweten' van de mens en stelt hem in staat het goede na te streven – en dit geeft zijn leven zin.

PAG. 23·14 Deze drie-eenheid van krachten heeft Dostojevski waarschijnlijk ontleend aan een Russische brochure tegen het katholicisme. In 'De verzoeking in de woestijn' is alleen sprake van 'het wonder'.

PAG. 23·24 Woorden uit Mattheüs 4 : 6 (de verleider citeert zelf uit Psalm 91) en Lucas 4 : 12.

PAG. 25·31 Dostojevski doelt hier op de Dertigjarige Oorlog en de Franse Revolutie, maar verwijst tevens naar de toekomst.

PAG. 26·15 Openbaring 7 : 4–8 en 14 : 1 & 3, en ook 20 : 5.

PAG. 28·7 Toen de Pepijn de Korte in 756 aan paus Stefanus II de wereldlijke macht gaf over een landstreek in Midden-Italië.

PAG. 29·28 'Het beest' is een beeld uit Openbaring 17 : 3–6 en staat hier voor de mensheid die zich als een getemd dier onderwerpt.

PAG. 30·13 De 'vrijheid' die allerlei geestelijke stromingen voorgeven na te streven.

PAG. 34·7 Opnieuw Openbaring 17 : 3–6, maar nu zegt de groot-inquisiteur openlijk dat hij de 'de hoer' is en de tegenstander van Christus.

PAG. 34·24 Openbaring 7 : 3–8.

Dostojevski heeft zijn inzicht voor een belangrijk deel te danken aan het feit dat hij zelf innerlijk door de fase van het atheïsme heen is gegaan. Naar aanleiding van de kritieken op 'De gebroeders Karamazov' heeft hij geschreven: 'Die domkoppen hebben mijn »obscurantisme« belachelijk gemaakt en het reactionaire karakter van mijn geloof. Die dwazen zouden niet eens in staat zijn zo'n sterke uitdrukkingswijze te vinden om God te ontkennen als ik heb gedaan. (...) Het hele boek is daar een antwoord op. (...) Men zal in heel Europa vergeefs naar zo'n krachtige uitdrukking van atheïsme zoeken. Het is dus niet zo dat ik als een kind in Christus geloof en Hem erken. Mijn hosanna komt voort uit de vuurproef van de twijfel.'

COLOFON

'De groot-inquisiteur' is een gedeelte uit de roman 'De gebroeders Karamazov', 1879–1880.
Van de Kairos-uitgave is de eerste druk in 1981 verschenen. Voor de nieuwe editie in 1992 (de derde druk) is de tekst opnieuw vertaald en van aantekeningen voorzien door Arjen F de Groot, en heeft Kurt Löb twee imaginaire portretten getekend.
De initialen zijn van Jan van Krimpen.
De vormgeving en het motief op pagina 6 zijn van Arjen F de Groot bno.

Gezet uit de Aldus van Hermann Zapf door Corps/80, Baarn. Gelithografeerd door Studio Arti-Bloc, Soest. Gedrukt door Drukkerij Den Daas, Utrecht en gebonden door Binderij Koppelman, Nieuwegein.
Verkoop en distributie door EF & EF, Beusichem.

ISBN 90 70338 35 1 / CIP Vierde druk